AF315188

INVENTAIRE
Ye 20,685

EMMANUEL DUCROS

TRIOLETS

DITS

PAR LES FRÈRES LIONNET

PRIX : 50 CENTIMES

PARIS

ALPHONSE LEMERRE, ÉDITEUR

27-31, PASSAGE CHOISEUL, 27-31

M DCCC LXXIX

TRIOLETS

—

EMMANUEL DUCROS

TRIOLETS

DITS

PAR LES FRÈRES LIONNET

PARIS

ALPHONSE LEMERRE, ÉDITEUR

27-31, PASSAGE CHOISEUL, 27-31

M DCCC LXXIX

SOUS BOIS

A HENRI DE BORNIER

Pierre et Jeanne s'en vont au bois.

Pourquoi vont-ils sous le feuillage ?

Ils se parlent à demi-voix ;

Pierre et Jeanne s'en vont au bois.

Le gars est alerte et matois ;

La jeune fille un peu volage :

Pierre et Jeanne s'en vont au bois ;

Pourquoi vont-ils sous le feuillage ?

Aiment-ils le chant des oiseaux ?

Le doux murmure de la brise

Quand se balancent les roseaux?

Aiment-ils le chant des oiseaux ?

Du grand lac, les limpides eaux

Que le silence poétise?

Aiment-ils le chant des oiseaux ?

Le doux murmure de la brise ?

Ils s'y plaisent; en ce moment,

Belle pour eux, luit la nature.

Ils forment un couple charmant.

Ils s'y plaisent; en ce moment,

Leurs yeux ont un rayonnement

De bonheur..... que l'on se figure !

Ils s'y plaisent; en ce moment,

Belle pour eux, luit la nature.

Jeanne prend de vives couleurs

A la voix de Pierre, pressante ;

Semblable aux plus brillantes fleurs,

Jeanne prend de vives couleurs.

Les grands bois sont ensorceleurs !

Oh ! leur ivresse est pénétrante !

Jeanne prend de vives couleurs

A la voix de Pierre, pressante.

« Sur la terre, le plus heureux,

« Chère Jeanne, tu peux m'en croire,

« C'est moi, Pierre, ton amoureux,

« Sur la terre, le plus heureux.

« De ta présence désireux,

« Je suis prêt à crier : « Victoire »,

« Sur la terre, le plus heureux,

« Chère Jeanne, tu peux m'en croire.

« Près de toi, mon cœur engourdi,

« Soudain, s'échauffe et se réveille;

« Il se retrouve plus hardi,

« Près de toi, mon cœur engourdi.

« Ainsi qu'au soleil du midi

« La rose devient plus vermeille,

« Près de toi, mon cœur engourdi,

« Soudain, s'échauffe et se réveille. »

Jeanne répond ; tout le chemin,

C'est une douce causerie ;

Ils n'ont souci du lendemain;

Jeanne répond, tout le chemin.

Ils vont heureux, main dans la main

Qu'ôte, parfois, la bouderie.

Jeanne répond ; tout le chemin,

C'est une douce causerie.

Je n'entends plus que des baisers !

Oh ! qu'il est doux, ce frais ramage.

Soupirs de leurs sens embrasés,

Je n'entends plus que des baisers !

Ce ne sont pas des gens blasés ;

Je comprends qu'ils aiment l'ombrage ;

Je n'entends plus que des baisers !

Oh ! qu'il est doux, ce frais ramage.

A MON AMIE

Sais-tu, toujours, quand je te vois,

Mon âme se remplit d'ivresse?

C'est un vin d'amour que je bois,

Sais-tu, toujours, quand je te vois ?

Tout me séduit en toi : ta voix,

Ta petite main, ta caresse.

Sais-tu, toujours, quand je te vois,

Mon âme se remplit d'ivresse ?

D'autres femmes ont ta beauté,

Pourtant, je reste froid près d'elles !

Pleines de grâce et de... bonté,

D'autres femmes ont ta beauté.

Toi seule apportes la gaîté.

Avec leurs maris, peu fidèles,

D'autres femmes ont ta beauté,

Pourtant, je reste froid près d'elles!

Quand tu t'assieds sur mes genoux,

Ton regard de plaisir rayonne.

On n'est pas plus heureux que nous

Quand tu t'assieds sur mes genoux.

Rien ne vaut ces moments si doux.

Le temps passe vite, mignonne ;

Quand tu t'assieds sur mes genoux,

Ton regard de plaisir rayonne.

Dis-moi, s'il fallait nous quitter

Dans ce monde, pourrions-nous vivre?

Où le cœur pourrait s'abriter,

Dis-moi, s'il fallait nous quitter ?

Tu ris ; pourquoi s'inquiéter !

Au printemps a-t-on peur du givre?

Dis-moi, s'il fallait nous quitter

Dans ce monde, pourrions-nous vivre?

Le souvenir du gai passé

Viendrait-il réchauffer notre âme ?

Il apparaît morne et glacé,

Le souvenir du gai passé !

Dans le feu, qui meurt délaissé,

Il reste encor un peu de flamme ;

Le souvenir du gai passé

Viendrait-il réchauffer notre âme ?

Toi partie, adieu le bonheur ;

Il est dans les plis de ta robe,

Dans ton son de voix, suborneur ;

Toi partie, adieu le bonheur.

Je cours après, ardent chasseur ;

C'est un gibier qui se dérobe ;

Toi partie, adieu le bonheur,

Il est dans les plis de ta robe.

Tu parais, je ne me tiens plus ;

Je saute à ton cou, fou de joie.

Sans toi, je crois vivre en reclus ;

Tu parais, je ne me tiens plus :

Je sens le bonheur des élus.

Pour me charmer, le ciel t'envoie ;

Tu parais, je ne me tiens plus ;

Je saute à ton cou, fou de joie.

LA COUR DU ROI RENÉ

AUX FRÈRES LIONNET

Dans le pays de la cigale,

Autrefois, vivait un vieux roi,

Dont la grâce était sans égale

Dans le pays de la cigale.

Honneur au roi qui se régale

De vers. Respectueux du droit,

Dans le pays de la cigale,

Autrefois, vivait un vieux roi.

On ne causait pas politique ;

On riait chez le roi René

Et l'on faisait de la musique.

On ne causait pas politique.

Sa cour se montrait sympathique

Aux arts. Monarque fortuné,

On ne causait pas politique ;

On riait chez le roi René.

La foule de dames charmantes,

De pages et de troubadours

Avait des grâces enivrantes.

La foule de dames charmantes !

C'étaient des danses incessantes ;

Là, désirait aimer toujours

La foule de dames charmantes,

De pages et de troubadours.

PARIS. — Impr. J. CLAYE. — A. QUANTIN et Cⁱᵉ, rue St-Benoît.

A. Quantin imprimeur
S. Benoît, 7, à Paris

www.ingramcontent.com/pod-product-compliance
Ingram Content Group UK Ltd.
Pitfield, Milton Keynes, MK11 3LW, UK
UKHW021722130726
13696UKWH00006B/2489